dtv

»Kästner hat scharfe Augen«, resümierte die Zeitschrift ›Gegner‹, »man staunt, was er alles sieht, er sieht die Lüge, die Attrappe, die Kulisse, die Imitation, die die Gegenwart beherrschen. Uns lehrt er sie sehen. Kästner hat helle Ohren, er hört das Sterbemurmeln der alten Zeit, hört die Lautsprecher des Rückschritts, hört den Applaus für den neuesten Sieg der Dummheit.«
Ende 1931 stellte Kästner diese, seine vierte Gedichtsammlung zusammen. Vor dem Hintergrund der Krise der Weimarer Republik bekommen die Gedichte ein ganz neues Gewicht. Wie recht Erich Kästner mit seinen Warnungen hatte, bewies die Geschichte.

*Erich Kästner*, geboren am 23. Februar 1899 in Dresden, studierte nach dem Ersten Weltkrieg Germanistik, Geschichte und Philosophie. 1925 Promotion. Neben schriftstellerischer Tätigkeit arbeitete er als Theaterkritiker und freier Mitarbeiter bei verschiedenen Zeitungen. Während der Nazizeit hatte er Publikationsverbot und schrieb vor allem Drehbücher. Von 1945 bis zu seinem Tode am 29. Juli 1974 lebte Kästner in München und war dort u. a. Feuilletonchef der ›Neuen Zeitung‹ und Mitarbeiter der Kabarett-Ensembles ›Die Schaubude‹ und ›Die kleine Freiheit‹.

Erich Kästner

# Gesang zwischen den Stühlen

Mit Zeichnungen
von Erich Ohser

Deutscher Taschenbuch Verlag

**Ausführliche Informationen über
unsere Autoren und Bücher
finden Sie auf unserer Website
www.dtv.de**

Ungekürzte Ausgabe 1989
Nach dem Text der ›Gesammelten Schriften‹
(Atrium Verlag, Zürich 1959) unter Hinzuziehung
der Erstausgabe von 1932
7. Auflage 2011
Deutscher Taschenbuch Verlag GmbH & Co. KG,
München
Lizenzausgabe mit freundlicher Genehmigung des
Cecilie Dressler Verlags, Hamburg

Erstveröffentlichung: Deutsche Verlags-Anstalt,
Stuttgart · Berlin 1932
Umschlagkonzept: Balk & Brumshagen
Umschlagbild: ›L'Atelier de Vence‹ von Raoul Dufy
(VG Bild-Kunst, Bonn 2011)
Satz: Druckerei C. H. Beck, Nördlingen
Druck und Bindung: buch bücher dd ag, Frensdorf
Gedruckt auf säurefreiem, chlorfrei gebleichtem Papier
Printed in Germany · ISBN 978-3-423-11007-5

Die Folge

Was auch geschieht!

Was auch immer geschieht:
Nie dürft ihr so tief sinken,
von dem Kakao, durch den man euch zieht,
auch noch zu trinken!

# Die Entwicklung der Menschheit

Einst haben die Kerls auf den Bäumen gehockt,
behaart und mit böser Visage.
Dann hat man sie aus dem Urwald gelockt
und die Welt asphaltiert und aufgestockt,
bis zur dreißigsten Etage.

Da saßen sie nun, den Flöhen entflohn,
in zentralgeheizten Räumen.
Da sitzen sie nun am Telefon.
Und es herrscht noch genau derselbe Ton
wie seinerzeit auf den Bäumen.

Sie hören weit. Sie sehen fern.
Sie sind mit dem Weltall in Fühlung.
Sie putzen die Zähne. Sie atmen modern.
Die Erde ist ein gebildeter Stern
mit sehr viel Wasserspülung.

Sie schießen die Briefschaften durch ein Rohr.
Sie jagen und züchten Mikroben.
Sie versehn die Natur mit allem Komfort.
Sie fliegen steil in den Himmel empor
und bleiben zwei Wochen oben.

Was ihre Verdauung übrigläßt,
das verarbeiten sie zu Watte.
Sie spalten Atome. Sie heilen Inzest.
Und sie stellen durch Stiluntersuchungen fest,
daß Cäsar Plattfüße hatte.

So haben sie mit dem Kopf und dem Mund
den Fortschritt der Menschheit geschaffen.
Doch davon mal abgesehen und
bei Lichte betrachtet sind sie im Grund
noch immer die alten Affen.

## Die Ballade vom Mißtrauen

Plötzlich fühlte er: Ich muß hinüber.
Und er fuhr fünf Stunden und stieg aus.
Daraufhin lief er durch viele Straßen.
Denn er hatte Furcht vor ihrem Haus.

Gegen Abend nahm er sich zusammen.
Doch in ihren Fenstern war kein Licht.
Wartend stand er auf der dunklen Straße.
Und der Mond versank im Landgericht.

Später hielt ein Taxi vor der Türe.
Und er dachte sich: Das wird sie sein.
Und sie war's! Mit irgendeinem Manne
trat sie hastig in das Haus hinein.

Wieder stand er auf der leeren Straße.
Und die Zimmer oben wurden hell.
Schatten bogen sich auf den Gardinen.
Aus entfernten Gärten klang Gebell.

Während sich die Stunden überholten,
rauchte er und saß auf einer Bank.
Gegen Morgen fing es an zu regnen.
Trotzdem wurde ihm die Zeit nicht lang.

Als es tagte, zerrte er die Briefe,
die sie ihm geschrieben hatte, vor.
Und er las, wie innig sie ihn liebe.
Und er nickte zu dem Haus empor.

Sechs Uhr früh trat der Herr Stellvertreter
aus der Tür und ging und pfiff ein Lied.
Und der Mann, der auf der Bank saß, dachte
tief beschämt: Wenn man mich nur nicht sieht.

Oben öffnete die Frau die Fenster,
trat auf den Balkon und gähnte sehr.
Da erhob er sich und ging zum Bahnhof.
Sie erschrak und starrte hinterher.

# Brief an meinen Sohn

Ich möchte endlich einen Jungen haben,
so klug und stark, wie Kinder heute sind.
Nur etwas fehlt mir noch zu diesem Knaben.
Mir fehlt nur noch die Mutter zu dem Kind.

Nicht jedes Fräulein kommt dafür in Frage.
Seit vielen langen Jahren such ich schon.
Das Glück ist seltner als die Feiertage.
Und deine Mutter weiß noch nichts von uns,
    mein Sohn.

Doch eines schönen Tages wird's dich geben.
Ich freue mich schon heute sehr darauf.
Dann lernst du laufen, und dann lernst du leben,
und was daraus entsteht, heißt Lebenslauf.

Zu Anfang schreist du bloß und machst Gebärden,
bis du zu andern Taten übergehst,
bis du und deine Augen größer werden
und bis du das, was man verstehen muß, verstehst.

Wer zu verstehn beginnt, versteht nichts mehr.
Er starrt entgeistert auf das Welttheater.
Zu Anfang braucht ein Kind die Mutter sehr.
Doch wenn du größer wirst, brauchst du den Vater.

Ich will mit dir durch Kohlengruben gehn.
Ich will dir Parks mit Marmorvillen zeigen.
Du wirst mich anschaun und es nicht verstehn.
Ich werde dich belehren, Kind, und schweigen.

Ich will mit dir nach Vaux und Ypern reisen
und auf das Meer von weißen Kreuzen blicken.
Ich werde still sein und dir nichts beweisen.
Doch wenn du weinen wirst, mein Kind, dann will
ich nicken.

Ich will nicht reden, wie die Dinge liegen.
Ich will dir zeigen, wie die Sache steht.
Denn die Vernunft muß ganz von selber siegen.
Ich will dein Vater sein und kein Prophet.

Wenn du trotzdem ein Mensch wirst wie die
meisten,
all dem, was ich dich schauen ließ, zum Hohn,
ein Kerl wie alle, über einen Leisten,
dann wirst du nie, was du sein sollst: mein Sohn!

Anmerkung: Da der Autor, nach dem Erscheinen des Gedichts in einer Zeitschrift, Briefe von Frauen und Mädchen erhielt, erklärt er, vorsichtig geworden, hiermit: Schriftliche Angebote dieser Art werden nicht berücksichtigt.

## Nekrolog für den Maler E. H.

Ach, er war ein guter Maler,
doch ein schlechter Steuerzahler.

Denn sein Bilderstapel stand
still mit dem Gesicht zur Wand.

Einsam war der Mann und bald
fünfundvierzig Jahre alt.

Und er wagte nicht mehr, offen
auf sein bißchen Glück zu hoffen.

Schulden, die er nie bezahlte,
saßen rings im Atelier.
Sinnlos war es, daß er malte!
Und sein Leben tat ihm weh.

Als er keinen Mut mehr hatte,
stopfte er zerpflückte Watte
in die Tür- und Fensterspalten,
um das Zimmer dicht zu halten.

Danach schrieb er ein paar Briefe
zur Erklärung der Motive.

Und im weiteren Verlauf
drehte er den Gashahn auf.

Krank und müde vom Getue
um die goldne Gunst der Welt,
setzte er sich nun zur Ruhe,
wenn auch ohne Ruhegeld.

Eine Woche saß die Leiche
ungestört in ihrem Reiche.

Bis der Herr Portier erschien.
Denn nur der vermißte ihn.

Paar Bekannte standen stumm
später um das Grab herum.

Ohne Blechmusik und Predigt
wurde hier der Rest erledigt.

Alle Augen blieben trocken.
Hinterher im Stammcafé
fragte einer ganz erschrocken:
»Wer nimmt nun das Atelier?«

## Sozusagen in der Fremde

Er saß in der großen Stadt Berlin
an einem kleinen Tisch.
Die Stadt war groß, auch ohne ihn.
Er war nicht nötig, wie es schien.
Und rund um ihn war Plüsch.

Die Leute saßen zum Greifen nah,
und er war doch allein.
Und in dem Spiegel, in den er sah,
saßen sie alle noch einmal da,
als müsse das so sein.

Der Saal war blaß vor lauter Licht.
Es roch nach Parfüm und Gebäck.
Er blickte ernst von Gesicht zu Gesicht.
Was er da sah, gefiel ihm nicht.
Er schaute traurig weg.

Er strich das weiße Tischtuch glatt
und blickte in das Glas.
Fast hatte er das Leben satt.
Was wollte er in dieser Stadt,
in der er einsam saß?

Da stand er, in der Stadt Berlin,
auf von dem kleinen Tisch.
Keiner der Menschen kannte ihn.
Da fing er an, den Hut zu ziehn!
Not macht erfinderisch.

## An ein Scheusal im Abendkleid

Ich muß mich stets vor Ihnen bücken.
Und trotzdem kennen wir uns nicht.
Ich bück mich auch gar nicht vor Ihrem Gesicht,
sondern vor Ihrem Rücken.

Die Knochen und die Rippen ragen,
ganz nackt und manchmal ohne Haut,
so spitz heraus, daß es mir graut,
die Augen davor aufzuschlagen.

Hört Ihr Gerüst denn niemals auf?
Und ohne Kleid! Die ganze Strecke!
Tief unten biegt es endlich um die Ecke.
Und welches Glück: Sie sitzen drauf.

Sie sollten sich ein Jäckchen leisten.
Sie sind ein Scheusal. Auch von vorn.
Gott schlug Sie hart in seinem Zorn.
Doch hinten schlug er Sie am meisten.

Wer Ihre grünen Locken sieht,
ist sich auch ohnedies im klaren:
Sie stehen in den besten Rückgangsjahren
und haben nachts vergeblich Appetit.

Ich bitte Sie, mir zu verzeihen.
Man wird nicht schöner, wenn man älter wird.
Wer andrer Ansicht ist, der irrt.
Doch Sie war'n sicher schon als Kind zum Speien!

Zieh dir was an, Du alte Gans!
Der ganze Saal sitzt voller Klimakterien.
Und sowas gibt's! Und sowas nennt sich: Ferien
eines noch ziemlich jungen Manns.

Anmerkung: Die Bosheit des Autors scheint unberechtigt. Aber wer den Rücken nicht gesehen hat, kann gar nicht mitreden.

## Der Handstand auf der Loreley
(Nach einer wahren Begebenheit)

Die Loreley, bekannt als Fee und Felsen,
ist jener Fleck am Rhein, nicht weit von Bingen,
wo früher Schiffer mit verdrehten Hälsen,
von blonden Haaren schwärmend, untergingen.

Wir wandeln uns. Die Schiffer inbegriffen.
Der Rhein ist reguliert und eingedämmt.
Die Zeit vergeht. Man stirbt nicht mehr beim
Schiffen,
bloß weil ein blondes Weib sich dauernd kämmt.

Nichtsdestotrotz geschieht auch heutzutage
noch manches, was der Steinzeit ähnlich sieht.
So alt ist keine deutsche Heldensage,
daß sie nicht doch noch Helden nach sich zieht.

Erst neulich machte auf der Loreley
hoch überm Rhein ein Turner einen Handstand!
Von allen Dampfern tönte Angstgeschrei,
als er kopfüber oben auf der Wand stand.

Er stand, als ob er auf dem Barren stünde.
Mit hohlem Kreuz. Und lustbetonten Zügen.
Man frage nicht: Was hatte er für Gründe?
Er war ein Held. Das dürfte wohl genügen.

Er stand, verkehrt, im Abendsonnenscheine.
Da trübte Wehmut seinen Turnerblick.
Er dachte an die Loreley von Heine.
Und stürzte ab. Und brach sich das Genick.

Er starb als Held. Man muß ihn nicht beweinen.
Sein Handstand war vom Schicksal überstrahlt.
Ein Augenblick mit zwei gehobnen Beinen
ist nicht zu teuer mit dem Tod bezahlt!

P.S. Eins wäre allerdings noch nachzutragen:
Der Turner hinterließ uns Frau und Kind.
Hinwiederum, man soll sie nicht beklagen.
Weil im Bezirk der Helden und der Sagen
die Überlebenden nicht wichtig sind.

## Begegnung in einer kleinen Stadt

Neulich traf ich in einer entlegenen Stadt
einen alten Bekannten, den Buchhalter Roth,
der sich im vorigen Sommer erschossen hat.
Und ich rief erschrocken: »Sie sind doch längst
tot!«

Scheinbar dachte er von dem Wunder gering.
Und als ob das um Vieles seltsamer wär,
fragte er, während ich zaudernd neben ihm ging:
»Also bitte, wie kommen denn Sie hierher?«

Mich ergriff das ungewohnte Erlebnis.
Darum sagte ich nichts auf die kleinliche Frage,
sondern meinte: »Ich war doch zu Ihrem
Begräbnis!«
Man begegnet Toten nicht alle Tage.

Warum lag er nicht, wie sich's gehörte, im Grabe?
Wo führt das hin, wenn der Tod seine Wirkung
verliert?
Buchhalter Roth erklärte lächelnd, er habe
seinen Selbstmord gewissermaßen storniert.

Und nun sei er genau wie einst auf der Welt.
Das sei kein Leben, das lästige Liegen im Sarg.
Er sei hier bei einer Firma fest angestellt
und verdiene im Monat dreihundert Mark.

Ob sein Zustand im Dienst schon bemerkt worden
sei,
fragte ich; schließlich sei er doch eine Leiche.
Aber er meinte, man fände hier gar nichts dabei.
Und er leiste, an früher gemessen, das Gleiche.

Möglich, daß er das komisch fand, denn er lachte.
Schaurig genug klang das, denn die Stadt war leer.
Ich erschrak darüber so sehr, daß ich dachte:
Tote Buchhalter sind eben doch kein Verkehr.

Eigentlich wollte ich ihn noch Verschiedenes
fragen.
Aber da zog er hastig den Hut und sprach:
»Und ersuche ich Sie, es nicht weiterzusagen!«
Und er ging. Ich sah ihm noch lange nach.

## Der synthetische Mensch

Professor Bumke hat neulich Menschen erfunden,
die kosten zwar, laut Katalog, ziemlich viel Geld,
doch ihre Herstellung dauert nur sieben Stunden,
und außerdem kommen sie fix und fertig zur Welt!

Man darf dergleichen Vorteile nicht unterschätzen.
Professor Bumke hat mir das alles erklärt.
Und ich merkte schon nach den ersten Worten und Sätzen:
Die Bumkeschen Menschen sind das, was sie kosten, auch wert.

Sie werden mit Bärten oder mit Busen geboren,
mit allen Zubehörteilen, je nach Geschlecht.
Durch Kindheit und Jugend würde nur Zeit verloren,
meinte Professor Bumke. Und da hat er ja recht.

Er sagte, wer einen Sohn, der Rechtsanwalt sei,
etwa benötige, brauche ihn nur zu bestellen.
Man liefre ihn, frei ab Fabrik, in des Vaters Kanzlei,
promoviert und vertraut mit den schwersten juristischen Fällen.

Man brauche nun nicht mehr zwanzig Jahre zu
warten,
daß das Produkt einer unausgeschlafenen Nacht
auf dem Umweg über Wiege und Kindergarten
das Abitur und die übrigen Prüfungen macht.

Es sei ja auch denkbar, das Kind werde dumm oder
krank.
Und sei für die Welt und die Eltern nicht recht zu
verwenden.
Oder es sei musikalisch! Das gäbe nur Zank,
falls seine Eltern nichts von Musik verständen.

Nicht wahr, wer könne denn wirklich wissen, was
später
aus einem anfangs ganz reizenden Kinde wird?
Bumke sagte, er liefre auch Töchter und Väter.
Und sein Verfahren habe sich selten geirrt.

Nächstens vergrößre er seine Menschenfabrik.
Schon heute liefre er zweihundertneunzehn Sorten.
Mißlungene Aufträge nähm er natürlich zurück.
Die müßten dann nochmals durch die verschiednen
Retorten.

Ich sagte: Da sei noch ein Bruch in den
Fertigartikeln,
in jenen Menschen aus Bumkes Geburtsinstitute.
Sie seien konstant und würden sich niemals
entwickeln.
Da gab er zur Antwort: »Das ist ja grade das Gute!«

Ob ich tatsächlich vom Sichentwickeln was halte?
Professor Bumke sprach's in gestrengem Ton.
Auf seiner Stirn entstand eine tiefe Falte.
Und dann bestellte ich mir einen vierzigjährigen
Sohn.

# Das Führerproblem, genetisch betrachtet

Als Gott am ersten Wochenende
die Welt besah, und siehe, sie war gut,
da rieb er sich vergnügt die Hände.
Ihn packte eine Art von Übermut.

Er blickte stolz auf seine Erde
und sah Tuberkeln, Standard Oil und Waffen.
Da kam aus Deutschland die Beschwerde:
»Du hast versäumt, uns Führer zu erschaffen!«

Gott war bestürzt. Man kann's verstehn.
»Mein liebes deutsches Volk«, schrieb er zurück,
»es muß halt ohne Führer gehn.
Die Schöpfung ist vorbei. Grüß Gott. Viel Glück.«

Nun standen wir mit Ohne da,
der Weltgeschichte freundlichst überlassen.
Und: Alles, was seitdem geschah,
ist ohne diesen Hinweis nicht zu fassen.

## Hunger ist heilbar
(Eine deutsche Allegorie)

Es kam ein Mann ins Krankenhaus
und erklärte, ihm sei nicht wohl.
Da schnitten sie ihm den Blinddarm heraus
und wuschen den Mann mit Karbol.

Befragt, ob ihm besser sei, rief er: »Nein.«
Sie machten ihm aber Mut
und amputierten sein linkes Bein
und sagten: »Nun geht's Ihnen gut.«

Der arme Mann hingegen litt
und füllte das Haus mit Geschrei.
Da machten sie ihm den Kaiserschnitt,
um nachzusehn, was denn sei.

Sie waren Meister in ihrem Fach
und schnitten sogar ein Gesicht.
Er schwieg: Er war zum Schreien zu schwach.
Doch sterben tat er noch nicht.

Sein Blut wurde freilich langsam knapp.
Auch litt er an Atemnot.
Sie sägten ihm noch drei Rippen ab.
Dann war er endlich tot.

Der Chefarzt sah die Leiche an.
Da fragte ein andrer, ein junger:
»Was fehlte denn dem armen Mann?«
Der Chefarzt schluchzte und murmelte dann:
»Ich glaube, er hatte nur Hunger.«

## Auf einer kleinen Bank vor einer großen Bank

(Zur bleibenden Erinnerung an den Juli 1931)

Worauf mag die Gabe des Fleißes,
die der Deutsche besitzt, beruhn?
Deutsch sein heißt (der Deutsche weiß es)
Dinge um ihrer selbst willen tun.

Wenn er spart, dann nicht deswegen,
daß er später davon was hat.
Nein, ach nein! Geld hinterlegen
findet ohne Absicht statt.

Uns erfreut das bloße Sparen.
Geld persönlich macht nicht froh.
Regelmäßig nach paar Jahren
klaut ihr's uns ja sowieso.

Nehmt denn hin, was wir ersparten!
Und verludert's dann und wann!
Und erfindet noch paar Arten,
wie man pleite gehen kann!

Wieder ist es euch gelungen.
Wieder sind wir auf dem Hund.
Unser Geld hat ausgerungen.
Ihr seid hoffentlich gesund.

Heiter stehn wir vor den Banken.
Armut ist der Mühe Lohn.
Bitte, bitte, nichts zu danken!
Keine Angst, wir gehen schon.

Und empfindet keine Reue!
Leider wurdet ihr ertappt.
Doch wir halten euch die Treue.
Und dann sparen wir aufs neue,
bis es wieder mal so klappt.

## Nähe Waldfriedhof

Männer stolperten stumm durch den Wald.
Kiefernadeln fielen auf ihre Zylinder.
Die Gehröcke glänzten. Sie waren alt.
Männer stolperten stumm durch den Wald.
Wie zu groß geratene Kinder.

Der schwarze Leichenwagen fuhr
zwischen den Bäumen langsam nach Haus.
Nun lag der Leichnam in der Natur,
und der leere schwarze Wagen fuhr
wieder aus ihr heraus.

Ein Mann blieb an einem der Stämme stehen.
Schuld dran war die viel zu lange Predigt.
Er wippte verlegen auf seinen Zehen
und konnte sich selber nicht recht verstehen.
Dann war auch das erledigt.

Er rannte hinter den andern her,
jenem Baumstamm zu entfliehn.
Als ob gar nichts gewesen wär,
und tief bekümmert sagte er:
»Schade um ihn.«

Die andern nickten streng und alt.
In ihren Ohren klang Choralgesang.
Der Himmel sah aus wie feuchter Asphalt.
Die Männer stolperten stumm durch den Wald
ins Restaurant.

## Das Riesenspielzeug

Eins habt ihr leider nicht bedacht:
daß Kinderhaben auch verpflichtet.
Ihr wart auf uns nicht eingerichtet,
ihr habt uns nur zur Welt gebracht.

Ihr habt uns mancherlei gelehrt,
Latein und Griechisch, bestenfalles.
Nun sind wir groß, doch das ist alles.
Und was ihr lehrtet ist nichts wert.

Ihr habt uns in die Welt gesetzt.
Wer hatte euch dazu ermächtigt?
Wir sind nicht existenzberechtigt
und fragen euch: Und was wird jetzt?

Schon sind wir eine Million!
Wir waren fleißig und gelehrig.
Und ihr? Ihr schickt uns, minderjährig,
fürs ganze Leben in Pension.

Wir leben wie im Krankenhaus
und lassen uns von euch verwalten.
Wir werden von euch ausgehalten
und halten das nicht länger aus!

Sind wir denn da, um nichts zu tun?
Wir, die gebornen Arbeitslosen,
verlangen Arbeit statt Almosen
und fragen euch: Und was wird nun?

Einst wußtet ihr noch euren Text,
als ihr uns noch für Puppen hieltet
und wie mit Spielzeug mit uns spieltet.
Doch wir sind Spielzeug, welches wächst!

Auf eigne Rechnung und Gefahr
will jeder, was er lernte, nützen.
Die Tage regnen in die Pfützen,
und jede Pfütze wird ein Jahr.

Die Zeit ist blind und blickt uns an.
Die Sterne ziehn uns an den Haaren.
Das ganze Leben ist verfahren,
noch ehe es für uns begann.

Vernehmt den Spruch des Weltgerichts:
Ihr gabt uns seinerzeit das Leben,
jetzt sollt ihr ihm den Inhalt geben!
Daß ihr uns liebt, das nützt uns nichts.

Anmerkung: Die Zahl der jugendlichen Erwerbslosen vor 1933 betrug mehr als eine Million.

# Inschrift auf einem sächsisch-preußischen Grenzstein

Wer hier vorübergeht, verweile!
Hier läuft ein unsichtbarer Wall.
Deutschland zerfällt in viele Teile.
Das Substantivum heißt: Zerfall.

Was wir hier stehngelassen haben,
das ist ein Grabstein, daß ihr's wißt!
Hier liegt ein Teil des Hunds begraben,
auf den ein Volk gekommen ist.

Anmerkung: Solche Grenzsteine gibt es. Die Inschrift ist natürlich nur ein Vorschlag.

## Exemplarische Herbstnacht

Nachts sind die Straßen so leer.
Nur ganz mitunter
markiert ein Auto Verkehr.
Ein Rudel bunter
raschelnder Blätter jagt hinterher.

Die Blätter haschen und hetzen.
Und doch weht kein Wind.
Sie rascheln wie Fetzen und hetzen
und folgen geheimen Gesetzen,
obwohl sie gestorben sind.

Nachts sind die Straßen so leer.
Die Lampen brennen nicht mehr.
Man geht und möchte nicht stören.
Man könnte das Gras wachsen hören,
wenn Gras auf den Straßen wär.

Der Himmel ist kalt und weit.
Auf der Milchstraße hat's geschneit.
Man hört seine Schritte wandern,
als wären es Schritte von andern,
und geht mit sich selber zu zweit.

Nachts sind die Straßen so leer.
Die Menschen legten sich nieder.
Nun schlafen sie, treu und bieder.
Und morgen fallen sie wieder
übereinander her.

## Rezitation bei Regenwetter

Der Regen regnet sich nicht satt.
Es regnet hoffnungslosen Zwirn.
Wer jetzt 'ne dünne Schädeldecke hat,
dem regnet's ins Gehirn.

Im Rachen juckt's. Im Rücken zerrt's.
Es blöken die Bakterienherden.
Der Regen reicht allmählich bis ans Herz.
Was soll bloß daraus werden?

Der Regen bohrt sich durch die Haut.
Und dieser Trübsinn, der uns beugt,
wird, wie so manches, subkutan erzeugt.
Wir sind porös gebaut.

Seit Wochen rollen Wolkenfässer
von Horizont zu Horizont.
Der Neubau drüben mit der braunen Front
wird von dem Regen täglich blässer.
Nun ist er blond.

Die Sonne wurde eingemottet.
Es ist, als lebte sie nicht mehr.
Ach, die Alleen, durch die man traurig trottet,
sind kalt und leer.

Man kriecht ins Bett. Das ist gescheiter,
als daß man klein im Regen steht.
Das geht auf keinen Fall so weiter,
wenn das so weitergeht.

## Ball im Osten: Täglich Strandfest

Lauter Engel in Trikots.
Lauter Brüste und Popos.
Ohne Halt und Barriere,
folgend dem Gesetz der Schwere,
hängt die Schönheit bis zum Knie.
Und beim Tanzen zittert sie.

Jeder Tisch hat Telefon.
Und da läutet es auch schon.
Was sie sagt, klingt recht gewöhnlich.
Später kommt sie ganz persönlich.
Und sie drückt dich zielbewußt
an die kuhstallwarme Brust.

Nach der Tour schleppt sie dich gar
auf ein Sofa in die Bar.
Ach, die Frau ist schlecht vergittert,
und du siehst, womit sie zittert.
Ungewollt blickst du ihr tief
bis in ihr Geheimarchiv.

Sinnlich beißt sie dich ins Ohr,
säuft Likör und knöpft dich vor.
Nichts am Manne ist ihr heilig.
Was sie hat, das hat sie eilig.
Als du, zu diskretem Zweck,
rauswillst, läßt sie dich nicht weg.

Oben auf der Galerie
sei es dunkel, flüstert sie.
Und sie schürzt die Hemigloben,
nickt dir zu und klimmt nach oben.
Deutscher Jüngling, scher dich fort!
Stürz nach Hause! Treibe Sport!

Anmerkung: Das Gedicht hat nur noch historische Bedeutung. Das Tragen von Trikots in Vergnügungslokalen wurde mittlerweile, wohl zur Behebung der Arbeitslosigkeit, von der Regierung verboten.

## Ein Quartaner denkt beim Anblick des Lehrers

So, so. Sie wollen mich nachsitzen lassen,
weil ich in Französisch gemogelt habe.
Das glaub ich. Das könnte Ihnen so passen.
Als wär ich ein ganz gewöhnlicher Knabe.

Ich möchte nur wissen, wofür Sie sich halten.
Sie werden schon, wenn wir Sie auslachen, rot.
Sie trauriger Mond ohne Bügelfalten!
Sie haben ja nicht mal Wurst auf dem Brot.

Sie sollten mal donnerstags bei uns sein.
In Ihrem Frack, der so komisch gebaut ist.
Da stünden Sie dann in der Villa allein,
in der es donnerstags immer so laut ist.

Da sind Minister bei meinen Eltern.
Und seidne Frauen und Direktoren.
Mit riesigen Autos und Riesengehältern.
Da wär'n Sie, samt Ihrer Bildung, verloren.

Noch unser Schofför ist feiner als Sie.
Und Sie, Sie wollen mir was befehlen?
In Groß-Grünau auf der Klassenpartie
sah ich Sie heimlich die Groschen zählen.

Sie fahren morgens im Autobus.
Sie wohnen in Untermiete bei Blaus.
Der Seidelbast, der's genau wissen muß,
sagt, es sei ein scheußliches Haus.

Glauben Sie nicht, weil Sie Plato lesen,
daß uns das irgendwie imponiert.
Ihre Frau ist Stenotypistin gewesen.
Der Onkel von Harms hat mit ihr poussiert.

Ich sitze nicht nach! Nicht morgen, nicht heute.
Ich sag's meinem Vater. Der sagt's Rektor
Schneider.
Mein Alter ist Herr über zwotausend Leute.
Ich huste auf Sie, Sie Hungerleider.

## Begegnung mit einem Trockenplatz

Wie sehr sich solche Plätze gleichen.
Wie eng verwandt sie miteinander sind.
Gestänge, Stricke, Wäsche, Klammern, Wind
und sieben Büschel Gras zum Bleichen,
bei diesem Anblick wird man wieder Kind.

Wie gern ich mich daran erinnern lasse.
Ich schob den Wagen. Und die Mutter zog.
Ich knurrte, weil die Wäsche so viel wog.
Wie hieß doch jene schmale Gasse,
die dicht vorm Bahnhof in die Gärten bog?

Dort war die Wiese, die ich meine,
dort setzten wir den Korb auf eine Bank
und hängten unsern ganzen Wäscheschrank
auf eine kreuz und quer gezogne Leine,
und Wind und Wäsche führten Zank.

Ich saß im Gras. Die Mutter ging nach Hause.
Die Wäsche wogte wie ein weißes Zelt.
Dann kam die Mutter mit Kaffee und Geld.
Ich kaufte Kuchen, für die Mittagspause
in dieser fast geheimnisvollen Welt.

Die Hemden zuckten hin und her,
als wollten sie herab und mit uns essen.
Die Sonne schien. Die Strümpfe hingen schwer.
Oh, ich erinnre mich an alles sehr
genau und will es nie vergessen.

## Die Ballade vom Herrn Steinherz

Herr Steinherz aus Kecskemet stand dicht vorm
Bankrott
und war entschlossen, rasch und freiwillig zu
sterben,
um seiner Frau, durch ein klug erdachtes Komplott,
300 000 Pengö in bar zu vererben.
Wie er das machte, wurde zwar später entdeckt.
Aber daß er es fertigbrachte, verdient sozusagen
Respekt.

Zunächst erwarb er sich fünf Versichrungspolicen.
Dann suchte er einen, mit dem sich reden ließ,
daß der ihm hülfe, den Lebenslauf abzuschließen.
So fand er den Tapezierer, der Fischl hieß.
Herr Steinherz sagte, daß er dem, der ihn töte,
5000 Dollars (hinterher zahlbar) anböte.

Fischl meinte, ein Mord sei 'ne schwierige Sache.
Doch Steinherz besorgte ihm anatomische Bücher,
damit er, anhand der Bilder, Studien mache.
Und einen Hammer brachte er mit. Und auch
Tücher.
Denn möglicherweise, sprach Steinherz, würde er
schrein,
dann könnten die Tücher, als Knebel, recht nützlich
sein.

Sie fuhren dann miteinander nach Budapest.
Sie aßen zusammen und gingen zusammen aus.
Herr Steinherz kaufte noch rasch für den letzten Rest
seines Gelds einen Mantel für Fischl im Warenhaus.
Heimwärts gab Steinherz dem andern das Honorar
in Form einer Zahlungsanweisung an einen Notar.

Der Fischl hob im Abteil den Hammer und schlug.
Die Tücher brauchte er nicht, denn Herr Steinherz blieb stumm.
Nach dem neunten Schlag hatte er scheinbar genug
und sank mit völlig zerhämmertem Schädel um.
Ein Schaffner sah den sterbenden Menschen liegen.
Der Mörder war mittlerweile ausgestiegen.

Der Sterbende log. Er log bis zum letzten Moment,
damit man den fliehenden Mörder nicht etwa fände.
Herr Steinherz starb und war bis zuletzt konsequent:
Er log, und das war sein Fehler, noch nach seinem Ende!
Die Dollars, die Fischl verlangte, gab's überhaupt nicht.
Er konnte nicht fliehn. Er stellte sich dem Gericht.

Der eine Mann liegt nun in Ketten, der andre im
Sarg.
Und die Versichrungen möchten gern wissen,
ob sie die 300000 Pengö (das sind 200 000 Mark)
der Frau des toten Herrn Steinherz auszahlen
müssen.
Mord auf Bestellung ist Schwindel und doch wieder
echt!
Sie werden schon zahlen. Herr Steinherz ist tot und
hat recht.

Anmerkung: Diese Episode aus dem Privatleben der Wirtschaftskrise beruht auf Tatsachen.

## Elegie nach allen Seiten

Die bunten Astern winken durch die Gitter.
Die Gärten schminken sich. Das Jahr ist alt.
Der Herbst stimmt nur die Optimisten bitter.
Normale Menschen läßt er kalt.

Die Blätter an den Bäumen kann man zählen.
An manchen Zweigen schaukeln nur noch drei.
Der Wind wird kommen und auch diese stehlen.
Er stiehlt und findet nichts dabei.

Ein blinder Mann verkauft verwelkte Rosen.
Er kann nicht sehen, wie verwelkt sie sind.
Auf einer Bank, umringt von Arbeitslosen,
sitzt singend ein vergnügtes Kind.

Im Pflaster zittern Pfützen aus der Frühe.
Das Himmelblau ist wieder repariert.
Die Sonne scheint. Sie gibt sich große Mühe.
Man merkt die Absicht, und man friert.

Ein alter Mann, welcher vorüberwandelt,
spricht mit sich selber wie ein Wiederkäuer.
Es klingt, als ob er mit dem Tod verhandelt.
Wahrscheinlich ist der Sarg zu teuer.

Die Blätter flattern wie die Schmetterlinge.
Die Straße glüht und leuchtet und verfällt.
Der Herbst beschert uns den Verfall der Dinge
und dieses Mal auch den Verfall der Welt.

Das ist ein Jahr, da möchte alles sterben!
Die Welt verliert das Laub und den Verstand.
Der Winter und die Dummheit sind die Erben.
Und was sich Hoffnung nannte, wird verbrannt.

Vom andern Straßenufer wehen Lieder.
Das ist die Heilsarmee. Man singt zu sechst.
Die Blätter wachsen eines Tages wieder.
Doch ob auch die Vernunft von neuem wächst?

# Mathilde, aber eingerahmt

Es lebe das Großreinemachen!
Man findet, wenn man säubert und siebt,
Briefe und Bilder und andere Sachen,
die es eigentlich gar nicht mehr gibt.

Vorgestern hab ich über zwei Stunden
in meinen Schreibtischfächern gekramt.
Ganz unten links hab ich dich gefunden:
Visitformat, schwarz eingerahmt.

Ein Bild von dir mit sieben Jahren.
In einem Kieler Matrosenkleid.
Mit hohen Stiefeln und langen Haaren.
Ich dachte: Gott, vergeht die Zeit.

Als wir uns kannten, ach Mathilde,
warst du bereits dreimal so alt
wie auf dem kleinen alten Bilde
und dientest mir als Aufenthalt.

Ich sah dem Foto in die Augen.
Dein Kinderblick war treu und echt.
Wann fingst du an, nichts mehr zu taugen?
Als wir uns kannten, warst du schlecht.

Als kleines Mädchen gut und milde,
mit zwanzig Jahren ein Stück Mist!
Hast du dich je gefragt, Mathilde,
wie es dazu gekommen ist?

Du lagst mir damals auf der Tasche,
bei andern Herrn lagst du im Bett.
Ich soff den Kognak aus der Flasche
und wurde langsam zum Skelett.

Ich lernte heimlich Scheibeschießen.
Ich lag die Nächte ohne Schlaf.
Es kam zu keinem Blutvergießen.
Du gingst, eh ich ins Schwarze traf.

Auf das, was war, fiel Staub und Puder.
Vorbei. Ich will nichts mehr von dir.
Jedoch dein Kinderbild, du Luder,
das stell ich morgen aufs Klavier.

# Der Traum vom Gesichtertausch

Als ich träumte, was ich jetzt erzähle,
drängten Tausende durch jenes Haus.
Und als ob es irgendwer befehle
und das eigne Antlitz jeden quäle,
zogen alle die Gesichter aus.

Wie beim Umzug Bilder von den Wänden
nahmen wir uns die Gesichter fort.
Und dann hielten wir sie in den Händen,
wie man Masken hält, wenn Feste enden.
Aber festlich war er nicht, der Ort.

Ohne Mund und Augen, kahl wie Schatten,
griffen alle nach des Nachbarn Hand,
bis sie wiederum Gesichter hatten.
Schnell und schweigend ging der Tausch vonstatten.
Jeder nahm, was er beim andern fand.

Männer hatten plötzlich Kindermienen.
Frauen trugen Bärte im Gesicht.
Greise lächelten wie Konkubinen.
Und dann stürzten alle, ich mit ihnen,
vor den Spiegel, doch ich sah mich nicht.

Immer wilder wurde das Gedränge.
Einer hatte sein Gesicht entdeckt!
Rufend zwängte er sich durch die Menge.
Und er trieb sein Antlitz in die Enge.
Doch er fand es nicht. Es blieb versteckt.

War ich jenes Kind mit langen Zöpfen?
War ich dort die Frau mit rotem Haar?
War ich einer von den kahlen Köpfen?
Unter den verwechselten Geschöpfen
sah ich keines, das ich selber war.

Da erwachte ich vor Schreck. Mich fror.
Irgendeiner riß mich an den Haaren.
Finger zerrten mich an Mund und Ohr.
Ich begriff, als sich die Angst verlor,
daß es meine eignen Hände waren.

Ganz beruhigt war ich freilich nicht.
Trug ich Mienen, die mich nicht betrafen?
Hastig sprang ich auf und machte Licht,
lief zum Spiegel, sah mir ins Gesicht,
löschte aus und ging beruhigt schlafen.

## Ein Beispiel von ewiger Liebe

Im gelben Autobus ging's durch den Ort.
Schnell hinein. Schnell heraus.
Erstes Haus. Letztes Haus.
Fort.

Hab ich den Namen vergessen?
Ob ich ihn überhaupt las?
Es war eine Kleinstadt in Hessen,
zwischen Reben und Gras.

Du standest am Gartenrand,
als du mich plötzlich erblicktest.
Zärtlich hob ich die Hand.
Du nicktest.

Darf ich nicht du zu dir sagen?
War keine Zeit dazu,
lang um Erlaubnis zu fragen.
Ich sag du.

Ich wünschte so sehnlich,
ich stünde bei dir.
Ging dir's nicht ähnlich?
Ging dir's wie mir?

Der Zufall hat keinen Verstand.
Es heißt, er sei blind.
Er gab und entzog uns hastig die Hand,
wie ein ängstliches Kind.

Ich bin entschlossen, fest daran zu glauben,
daß du die Richtige gewesen wärst.
Du kannst mir diese Illusion nicht rauben,
da du sie nicht erfährst.

Du lehntest lächelnd am grünen Staket.
Es war im Taunus. Es war in Hessen.
Ich habe den Namen des Orts vergessen.
Die Liebe besteht.

# Die Heimkehr des verlorenen Sohnes

Erst wollte er bis ans Mittelmeer.
Er war schon auf halber Strecke
und stieg im Schnee und in Innsbruck umher.
Der Himmel war blau. Das gefiel ihm sehr.
Und er staunte an jeder Ecke.

Dann hatte er noch zehn Tage Zeit
und wollte nach Nizza reisen.
Er war vergnügt wie nicht gescheit
und lachte und dachte: Die Welt ist zwar weit,
doch ich werde ihr's schon beweisen!

So kam der Tag, an dem er fuhr.
Es war schon alles in Butter.
Da blickte er plötzlich erstaunt an die Uhr
und pfiff auf Nizza und die Natur
und reiste zu seiner Mutter.

Die Fahrt erschien ihm wunderbar.
Er winkte jedem Flüßchen.
Es war schon über ein volles Jahr,
daß er nicht mehr zu Hause war.
Und da schämte er sich ein bißchen.

Dann kam er an und stieg schnell aus
mit seinen Koffern und Taschen.
Er kaufte Blumen und fuhr nach Haus
und sagte versteckt hinterm Blumenstrauß:
»Ich wollte dich überraschen.«

Jetzt saß er zwar nicht in Nizza und Cannes,
doch er saß in Mutters Zimmer.
Sie schwieg und lachte dann und wann
und erzählte und brachte Kuchen an
und betrachtete ihn immer.

Zehn ganze Tage blieb er hier!
Bis zur allerletzten Minute.
Dann fuhr er fort und winkte ihr.
Sie stand verlassen auf Bahnsteig 4
und sagte gerührt: »Der Gute.«

## Traurigkeit, die jeder kennt

Man weiß von vornherein, wie es verläuft.
Vor morgen früh wird man bestimmt nicht munter.
Und wenn man sich auch noch so sehr besäuft:
Die Bitterkeit, die spült man nicht hinunter.

Die Trauer kommt und geht ganz ohne Grund.
Und angefüllt ist man mit nichts als Leere.
Man ist nicht krank. Und ist auch nicht gesund.
Es ist, als ob die Seele unwohl wäre.

Man will allein sein. Und auch wieder nicht.
Man hebt die Hand und möchte sich verprügeln.
Vorm Spiegel denkt man: »Das ist dein Gesicht?«
Ach, solche Falten kann kein Schneider bügeln!

Vielleicht hat man sich das Gemüt verrenkt?
Die Sterne ähneln plötzlich Sommersprossen.
Man ist nicht krank. Man fühlt sich nur gekränkt.
Und hält, was es auch sei, für ausgeschlossen.

Man möchte fort und findet kein Versteck.
Es wäre denn, man ließe sich begraben.
Wohin man blickt, entsteht ein dunkler Fleck.
Man möchte tot sein. Oder Gründe haben.

Man weiß, die Trauer ist sehr bald behoben.
Sie schwand noch jedesmal, so oft sie kam.
Mal ist man unten, und mal ist man oben.
Die Seelen werden immer wieder zahm.

Der eine nickt und sagt: »So ist das Leben.«
Der andre schüttelt seinen Kopf und weint.
Wer traurig ist, sei's ohne Widerstreben!
Soll das ein Trost sein? So war's nicht gemeint.

## Direktor Körner ist unaufmerksam

Manchmal,

wenn ernste Männer beisammenstehn
und auch du stehst mit dabei,
möchtest du leise beiseite gehn.
Wohin? Einerlei.

Du möchtest nur rasch den Bart ablegen
und die Falten vor deiner Stirn
und das große und kleine Gehirn
und dich nicht mehr bewegen.

Und es fehlte nur noch Mutters Schürze.
Die war so weich und so hell.
Die Kindheit litt an zu großer Kürze.
Es ging zu schnell.

Und während du in dich verloren scheinst,
stehen noch immer die Männer herum.
Sie reden und reden, nur du bist stumm.
Und sie fragen, was du dazu meinst.

»Zu kurz!« sagst du, und du sagst das so,
weil dir die Kindheit zu kurz erschien.
Sie aber meinen den Zahlungstermin
für Schimmel & Co.

Da ruft der eine, er steht breitbeinig
und stemmt seinen Bauch:
»Da wären wir ja handelseinig,
Körner meint's auch!«

Er hat, was du gesprochen hast,
nicht kapiert, doch auch das hat sein Gutes.
Hauptsache, daß es trotzdem paßt.
Und das tut es.

# Brief aus einem Herzbad

Wie geht es Dir? Es ist schon reichlich spät.
Der Doktor fände sicher, daß es schadet.
Das Pferd von Droschke 7, heißt es, badet,
und selbst die Hunde leben hier diät.

Sogar der Luft entzieht man Koffein!
Das Atmen wird dadurch fast ungefährlich.
Es ist ja leider noch nicht ganz entbehrlich.
Wie einfach mir das Atmen früher schien.

Seit gestern nehm ich zwölfmal täglich ein.
Nichts einzunehmen wäre das Verkehrtste.
Hier nehmen alle ein. Sogar die Ärzte!
Der eine soll so reich wie Morgan sein.

Das Schönste sind die kohlensauren Bäder.
Zehntausend Perlen sitzen auf der Haut.
Man ähnelt einer Wiese, wenn es taut.
Kann sein, es nützt. Das merkt man erst viel später.

Ich inhaliere auch. Das ist gesund.
Da sitzen Herren, meistens hochbejahrt,
mit Kinderlätzchen vor dem Rauschebart,
und Porzellanzigarren fesch im Mund.

Des weiteren mach ich die Brunnenkur.
Das Wasser schmeckt wie Hering mit Lakritzen.
Dann bleibt man, wie vom Blitz erschlagen, sitzen,
und die Kapelle schwelgt im ›Troubadour‹.

Wer da nicht krank wird, darf für trotzig gelten.
Der Doktor Barthel untersucht mich oft,
weil er noch dies und das zu finden hofft.
Er ist der Chef. Wir sind die Angestellten.

Ich sehne mich nach einem Glase Bier.
Nach Dir natürlich auch. Doch ich muß baden.
Kneif Dich, in meinem Auftrag, in die Waden.
Was war denn noch? Ja so: Wie geht es Dir?

# Die Ballade vom Nachahmungstrieb

Es ist schon wahr: Nichts wirkt so rasch wie Gift!
Der Mensch, und sei er noch so minderjährig,
ist, was die Laster dieser Welt betrifft,
früh bei der Hand und unerhört gelehrig.

Im Februar, ich weiß nicht am wievielten,
geschah's, auf irgendeines Jungen Drängen,
daß Kinder, die im Hinterhofe spielten,
beschlossen, Naumanns Fritzchen aufzuhängen.

Sie kannten aus der Zeitung die Geschichten,
in denen Mord vorkommt und Polizei.
Und sie beschlossen, Naumann hinzurichten,
weil er, so sagten sie, ein Räuber sei.

Sie steckten seinen Kopf in eine Schlinge.
Karl war der Pastor, lamentierte viel
und sagte ihm, wenn er zu schrein anfinge,
verdürbe er den anderen das Spiel.

Fritz Naumann äußerte, ihm sei nicht bange.
Die andern waren ernst und führten ihn.
Man warf den Strick über die Teppichstange.
Und dann begann man, Fritzchen hochzuziehn.

Er sträubte sich. Es war zu spät. Er schwebte.
Dann klemmten sie den Strick am Haken ein.
Fritz zuckte, weil er noch ein bißchen lebte.
Ein kleines Mädchen zwickte ihn ins Bein.

Er zappelte ganz stumm, und etwas später
verkehrte sich das Kinderspiel in Mord.
Als das die sieben kleinen Übeltäter
erkannten, liefen sie erschrocken fort.

Noch wußte niemand von dem armen Kinde.
Der Hof lag still. Der Himmel war blutrot.
Der kleine Naumann schaukelte im Winde.
Er merkte nichts davon. Denn er war tot.

Frau Witwe Zickler, die vorüberschlurfte,
lief auf die Straße und erhob Geschrei,
obwohl sie doch dort gar nicht schreien durfte.
Und gegen sechs erschien die Polizei.

Die Mutter fiel in Ohnmacht vor dem Knaben.
Und beide wurden rasch ins Haus gebracht.
Karl, den man festnahm, sagte kalt: »Wir haben
es nur wie die Erwachsenen gemacht.«

Anmerkung: Der Ballade liegt ein Pressebericht aus dem Jahre 1930 zugrunde.

## Das Eisenbahngleichnis

Wir sitzen alle im gleichen Zug
und reisen quer durch die Zeit.
Wir sehen hinaus. Wir sahen genug.
Wir fahren alle im gleichen Zug.
Und keiner weiß, wie weit.

Ein Nachbar schläft, ein andrer klagt,
ein dritter redet viel.
Stationen werden angesagt.
Der Zug, der durch die Jahre jagt,
kommt niemals an sein Ziel.

Wir packen aus. Wir packen ein.
Wir finden keinen Sinn.
Wo werden wir wohl morgen sein?
Der Schaffner schaut zur Tür herein
und lächelt vor sich hin.

Auch er weiß nicht, wohin er will.
Er schweigt und geht hinaus.
Da heult die Zugsirene schrill!
Die Zug fährt langsam und hält still.
Die Toten steigen aus.

Ein Kind steigt aus. Die Mutter schreit.
Die Toten stehen stumm
am Bahnsteig der Vergangenheit.
Der Zug fährt weiter, er jagt durch die Zeit,
und niemand weiß, warum.

Die 1. Klasse ist fast leer.
Ein feister Herr sitzt stolz
im roten Plüsch und atmet schwer.
Er ist allein und spürt das sehr.
Die Mehrheit sitzt auf Holz.

Wir reisen alle im gleichen Zug
zur Gegenwart in spe.
Wir sehen hinaus. Wir sahen genug.
Wir sitzen alle im gleichen Zug
und viele im falschen Coupé.

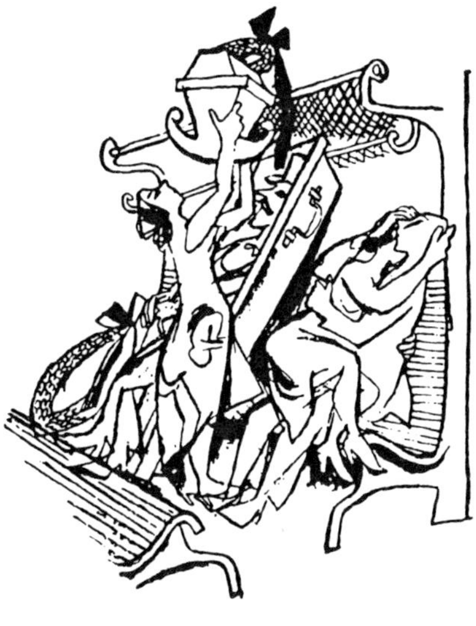

## Eine Animierdame stößt Bescheid

Ich sitze nachts auf hohen Hockern,
berufen, Herrn im Silberhaar
moralisch etwas aufzulockern.
Ich bin der Knotenpunkt der Bar.

Sobald die Onkels Schnaps bestellen,
rutsch ich daneben, lad mich ein
und sage nur: »Ich heiße Ellen.
Laßt dicke Männer um mich sein!«

Man darf mich haargenau betrachten.
Mein Oberteil ist schlecht verhüllt.
Ich habe nur darauf zu achten,
daß man die Gläser wieder füllt.

Wer über zwanzig Mark verzehrt,
der darf mir in die Seiten greifen
und (falls er solcherlei begehrt)
mich in die bess're Hälfte kneifen.

Selbst wenn mich einer Hure riefe,
obwohl ich etwas Beßres bin,
das ist hier alles inklusive
und in den Whiskys schon mit drin.

So sauf ich Schnaps im Kreis der Greise
und nenne dicke Bäuche Du
und höre, gegen kleine Preise,
der wachsenden Verkalkung zu.

Und manchmal fahr ich dann mit einem
der Jubelgreise ins Hotel.
Vergnügen macht es zwar mit keinem.
Es lohnt sich aber finanziell.

Falls freilich einer glauben wollte,
mir könne Geld im Bett genügen,
also: Wenn ich die Wahrheit sagen sollte,
müßt ich lügen!

## Legende, nicht ganz stubenrein

Weihnachten vergangnen Jahres
(17 Uhr präzise) war es:
Daß der liebe Gott nicht, wie gewöhnlich,
den Vertreter Ruprecht runterschickte,
sondern er besuchte uns persönlich.
Und erschrak, als er die Welt erblickte.

Er beschloß dann doch, sich aufzuraffen.
Schließlich hatte er uns ja geschaffen!
Und er schritt (bewacht von Detektiven
des bewährten Argus-Institutes,
die, wo er auch hinging, mit ihm liefen)
durch die Städte und tat nichts als Gutes.

Gott war nobel, sah nicht auf die Preise,
und er schenkte, dies nur beispielsweise,
den Ministersöhnen Dampfmaschinen
und den Kindern derer, die im Jahre
mehr als 60000 Mark verdienen,
Autos, Boote – lauter prima Ware.

Derart reichten Gottes Geld und Kasse
abwärts bis zur zwölften Steuerklasse.
Doch dann folgte eine große Leere.
Und die Deutsche Bank gab zu bedenken,
daß sein Konto überzogen wäre.
Und so konnte er nichts weiter schenken.

Gott ist gut. Und weiß es. Und wahrscheinlich
war ihm die Geschichte äußerst peinlich.
Deshalb sprach er, etwa zehn Minuten,
zu drei sozialistisch eingestellten
Journalisten, die ihn interviewten,
von der Welt als bester aller Welten.

Und die Armen müßten nichts entbehren,
wenn es nur nicht so sehr viele wären.
Die Reporter nickten auf und nieder.
Und Gott brachte sie bis ans Portal.
Und sie fragten: »Kommen Sie bald wieder?«
Doch er sprach: »Es war das letzte Mal.«

## Junger Mann, 5 Uhr morgens

Wenn ich dich früh verlasse,
tret ich aus deinem Haus
still auf die kahle, blasse,
öde Straße hinaus.

In dem Geäst sind Spatzen
zänkisch beim ersten Lied.
Drunter hocken zwei Katzen,
hölzern vor Appetit.

Wirst du noch lange weinen?
Oder ob du schon schläfst?
Wenn du doch endlich einen
bessern Menschen träfst.

In dem Laden, beim Bäcker,
wird der Kuchen zu Stein.
Wütend erwacht ein Wecker,
brüllt und schläft wieder ein.

Noch ist die große Pause
zwischen der Nacht und dem Tag.
Und ich geh nach Hause,
weil ich mich nicht mag.

Noch brennt hinter deinen
Fenstern etwas Licht.
Wirst du noch lange weinen?
Bald wird die Sonne scheinen.
Aber sie scheint noch nicht.

## Aktuelle Albumverse

### I

Köpfe abschlagen ist nicht sehr klug.
Die Stecknadel, der man den Kopf abschlug,
fand, der Kopf sei völlig entbehrlich,
und war nun vorn und hinten gefährlich.

### II

Die Hühner fühlten sich plötzlich verpflichtet,
statt Eiern Apfeltörtchen zu legen.
Die Sache zerschlug sich. Und zwar weswegen?
Das Huhn ist auf Eier eingerichtet.
(So wurde schon manche Idee vernichtet.)

### III

Unerhörte Geldbeträge
braucht man für die Arbeitskräfte!
Lohn ist nichts als Armenpflege
und verdirbt bloß die Geschäfte.

## Die deutsche Einheitspartei

Als die Extreme zusammenstießen,
begriff Max Müller, wie nötig er sei.
Und er gründete die Partei
aller Menschen, die Müller hießen.

Müller liebte alle Klassen.
Politische Meinungen hatte er keine.
Wichtig war ihm nur das eine:
Sämtliche Müllers zusammenzufassen.

Seinem Aufruf entströmte Kraft.
»Wir verteidigen«, schrieb er entschieden,
»Rück- und Fortschritt, Krieg und Frieden,
Arbeitgeber und Arbeiterschaft.

Freier Handel und Hochschutzzoll
haben unsere Sympathie.
Republik und Monarchie
sind die Staatsform, die herrschen soll!«

Alle Müllers traten ihm bei.
Und die andern kamen in Haufen,
ließen sich eiligst Müller taufen
und verstärkten die neue Partei.

Und sie wuchs, trotz vieler Brüller.
Kurzerhand ging sie in Führung.
In der nächsten Reichsregierung
hießen zehn Minister Müller.

Diese Müllermehrheit wies
alle aus, die anders hießen
und sich nicht rasch taufen ließen.
Bis ganz Deutschland Müller hieß!

Von Memel bis zum Rande des Rheins
feierten nun die Deutschen Versöhnung.
Im alten Aachen gab's Kaiserkrönung.
Und der Kaiser hieß: Müller Eins.

Festlich krachten Kanonen und Böller.
Doch das Glück war bald vorbei.
Denn am Tag darauf kam Möller,
und es entstand eine Gegenpartei.

## Bilanz per Zufall

Er hatte Geld. Er trank und aß
in dem Hotel, in dem er saß,
vom Teuersten und Besten.
Er war vergnügt und trank und aß
und winkte mit erhobnem Glas
den Kellnern und den Gästen.

Der Blumenfrau, die bei ihm stand,
nahm er die Blumen aus der Hand
und zahlte mit zwei Scheinen.
Die Rosen waren rot und kühl.
Er gab ihr dreißig Mark zuviel.
Da fing sie an zu weinen.

Die Hauskapelle, sechs Mann stark,
erhielt von ihm zweihundert Mark.
Sie konnte kaum noch spielen.
Er gab den Boys und Pikkolos,
den Fräuleins und den Gigolos.
Er gab, ohne zu zielen.

Die Rechnung sah er gar nicht an.
Er warf paar Scheine hin, und dann
verließ er jene Halle.
Bewundernd gingen, Schritt um Schritt,
die Tänzer, Boys und Kellner mit.
So liebten sie ihn alle!

Er freute sich und sprach: »Schon gut«
und nahm den Mantel und den Hut.
Da rief die Garderobiere:
»Ich kriege dreißig Pfennig für
die Kleider-Aufbewahrung hier!
Nicht zahlen, wie? Das wäre!«

Da blieb er stehn. Da lachte er
und suchte Geld und fand keins mehr
und konnte ihr nichts geben.
Die Blumenfrau, die Gigolos,
die Kellner, Boys und Pikkolos,
die standen fremd daneben.

Er blickte sich, fast bittend, um.
Die andern standen steif und stumm,
als sei er nicht mehr da.
Da zog er schnell den Mantel aus,
gab ihn der Frau, trat aus dem Haus
und dachte nur: Na ja.

## Der geregelte Zeitgenosse

Hei, wie er die Zukunft auswendig wußte!
Er kannte die Höhe der Summe genau,
die man den Kindern und seiner Frau
nach seinem Tode auszahlen mußte.

Er war berühmt als Vater und Gatte,
der Leben und Sterben und Diebstahl und Brand
versicherungsrechtlich geregelt hatte.
Er hatte das Schicksal glatt in der Hand.

Und wenn sich die Achse der Erde verböge:
Er wußte, wieviel er am 1. Mai
(vorausgesetzt, daß er am Leben sei)
in zwanzig Jahren Gehalt bezöge.

Gewohnheit umgab ihn mit hohen Mauern.
Sie rückten immer näher heran.
Und er begann, sich zu bedauern.
Nicht immer, aber dann und wann.

Da half kein gesteigertes Innenleben.
Er wußte, was sie morgen besprächen
und was sie einander zur Antwort gäben
und wann und wie sie sich unterbrächen.

Das Lieben und Atmen und Zeitungslesen,
das wurde alles zu einem Amt.
Er war doch mal ein Mensch gewesen!
Das war vorbei, und er dachte: Verdammt!

Verschiedentlich faßte er Fluchtgedanken.
(Er dachte speziell an Amerika.)
Aber aus Angst, seine Frau könnte zanken,
blieb er dann doch immer wieder da.

## Verdun, viele Jahre später

Auf den Schlachtfeldern von Verdun
finden die Toten keine Ruhe.
Täglich dringen dort aus der Erde
Helme und Schädel, Schenkel und Schuhe.

Über die Schlachtfelder von Verdun
laufen mit Schaufeln bewaffnete Christen,
kehren Rippen und Köpfe zusammen
und verfrachten die Helden in Kisten.

Oben am Denkmal von Douaumont
liegen zwölftausend Tote im Berge.
Und in den Kisten warten achttausend
Männer vergeblich auf passende Särge.

Und die Bauern packt das Grauen.
Gegen die Toten ist nichts zu erreichen.
Auf den gestern gesäuberten Feldern
liegen morgen zehn neue Leichen.

Diese Gegend ist kein Garten,
und erst recht kein Garten Eden.
Auf den Schlachtfeldern von Verdun
stehn die Toten auf und reden.

Zwischen Ähren und gelben Blumen,
zwischen Unterholz und Farnen
greifen Hände aus dem Boden,
um die Lebenden zu warnen.

Auf den Schlachtfeldern von Verdun
wachsen Leichen als Vermächtnis.
Täglich sagt der Chor der Toten:
»Habt ein besseres Gedächtnis!«

## Kleine Rechenaufgabe

Allein ging jedem alles schief.
Da packte sie die Wut.
Sie bildeten ein Kollektiv
und glaubten, nun sei's gut.

Sie blinzelten mit viel Geduld
der Zukunft ins Gesicht.
Es blieb, wie's war. Was war dran schuld?
Die Rechnung stimmte nicht.

Addiert die Null zehntausendmal!
Rechnet's nur gründlich aus!
Multipliziert's! Mit jeder Zahl!
Steht Kopf! Es bleibt euch keine Wahl:

Zum Schluß kommt Null heraus.

## Das Herz im Spiegel

Der Arzt notierte eine Zahl.
Er war ein gründlicher Mann.
Dann sprach er streng: »Ich durchleuchte Sie mal«,
und schleppte mich nebenan.

Hier wurde ich zwischen kaltem Metall
zum Foltern aufgestellt.
Der Raum war finster wie ein Stall
und außerhalb der Welt.

Dann knisterte das Röntgenlicht.
Der Leuchtschirm wurde hell.
Und der Doktor sah mit ernstem Gesicht
mir quer durchs Rippenfell.

Der Leuchtschirm war seine Staffelei.
Ich stand vor Ergriffenheit stramm.
Er zeichnete eifrig und sagte, das sei
mein Orthodiagramm.

Dann brachte er ganz feierlich
einen Spiegel und zeigte mir den
und sprach: »In dem Spiegel können Sie sich
Ihr Wurzelwerk ansehn.«

Ich sah, wobei er mir alles beschrieb,
meine Anatomie bei Gebrauch.
Ich sah mein Zwerchfell im Betrieb
und die atmenden Rippen auch.

Und zwischen den Rippen schlug sonderbar
ein schattenhaftes Gewächs.
Das war mein Herz! Es glich aufs Haar
einem zuckenden Tintenklecks.

Ich muß gestehn, ich war verstört.
Ich stand zu Stein erstarrt.
Das war mein Herz, das dir gehört,
geliebte Hildegard?

Laß uns vergessen, was geschah,
und mich ins Kloster gehn.
Wer nie sein Herz im Spiegel sah,
der kann das nicht verstehn.

Kind, das Vernünftigste wird sein,
daß du mich rasch vergißt.
Weil so ein Herz wie meines kein
Geschenkartikel ist.

## Marschliedchen

Ihr und die Dummheit zieht in Viererreihen
in die Kasernen der Vergangenheit.
Glaubt nicht, daß wir uns wundern, wenn ihr
schreit.
Denn was ihr denkt und tut, das ist zum Schreien.

Ihr kommt daher und laßt die Seele kochen.
Die Seele kocht, und die Vernunft erfriert.
Ihr liebt das Leben erst, wenn ihr marschiert,
weil dann gesungen wird und nicht gesprochen.

Marschiert vor Prinzen, die erschüttert weinen:
Ihr findet doch nur als Parade statt!
Es heißt ja: Was man nicht im Kopfe hat,
hat man gerechterweise in den Beinen.

Ihr liebt den Haß und wollt die Welt dran messen.
Ihr werft dem Tier im Menschen Futter hin,
damit es wächst, das Tier tief in euch drin!
Das Tier im Menschen soll den Menschen fressen.

Ihr möchtet auf den Trümmern Rüben bauen
und Kirchen und Kasernen wie noch nie.
Ihr sehnt euch heim zur alten Dynastie
und möchtet Fideikommißbrot kauen.

Ihr wollt die Uhrenzeiger rückwärtsdrehen
und glaubt, das ändere der Zeiten Lauf.
Dreht an der Uhr! Die Zeit hält niemand auf!
Nur eure Uhr wird nicht mehr richtiggehen.

Wie ihr's euch träumt, wird Deutschland nicht
erwachen.
Denn ihr seid dumm, und seid nicht auserwählt.
Die Zeit wird kommen, da man sich erzählt:
Mit diesen Leuten war kein Staat zu machen!

## Ein Kubikkilometer genügt

Ein Mathematiker hat behauptet,
daß es allmählich an der Zeit sei,
eine stabile Kiste zu bauen,
die tausend Meter lang, hoch und breit sei.

In diesem einen Kubikkilometer
hätten, schrieb er im wichtigsten Satz,
sämtliche heute lebenden Menschen
(das sind zirka zwei Milliarden!) Platz!

Man könnte also die ganze Menschheit
in eine Kiste steigen heißen
und diese, vielleicht in den Kordilleren,
in einen der tiefsten Abgründe schmeißen.

Da lägen wir dann, fast unbemerkbar,
als würfelförmiges Paket.
Und Gras könnte über die Menschheit wachsen.
Und Sand würde daraufgeweht.

Kreischend zögen die Geier Kreise.
Die riesigen Städte stünden leer.
Die Menschheit läg in den Kordilleren.
Das wüßte dann aber keiner mehr.

## Spaziergang nach einer Enttäuschung

Da hätte mich also wieder einmal
eine der hausschlachtenen Ohrfeigen ereilt,
die das eigens hierzu gegründete Schicksal
in beliebiger Windstärke und Zahl
an die Umstehenden gratis verteilt.

Na schön. Der Weg des Lebens ist wellig.
Man soll die Steigungen nicht noch steigern.
Es war wieder mal eine Ohrfeige fällig.
Ich konnte die Annahme schlecht verweigern.

So ein Schlag ins vergnügte Gesicht
klingt für den, der ihn kriegt, natürlich sehr laut,
weil das Schicksal mit Liebe zur Sache zuhaut.
Tödlich sind diese Ohrfeigen hingegen nicht.
Der Mensch ist entsprechend gebaut.

Jedoch, wenn ich den See betrachte
und die schneeweiß gedeckten Berge daneben,
muß ich denken, was ich schon häufig dachte:
Diese Art Ohrfeigen brauchte es nicht zu geben.

Da rennt man nun die Natur entlang
und ist froh, daß man keinem begegnet.
Die Vögel verüben Chorgesang.
Die Sonne scheint im Überschwang.
Aber innen hat's ziemlich geregnet.

Die Glockenblumen nicken verständig.
Eine Biene kratzt sich ernst hinterm Ohr.
Und der Wind und die Wellen spielen vierhändig
die Sonnenscheinsonate vor ...

Das Schicksal wird mich noch öfter äffen
und schlagen, wie es mich heute schlug.
Vielleicht wird man wirklich durch Schaden klug?
Mich müssen noch viele Schläge treffen,
bevor mich der Schlag trifft! Und damit genug.

## Die Großeltern haben Besuch

Für seine Kinder hat man keine Zeit.
(Man darf erst sitzen, wenn man nicht mehr gehn
kann.)
Erst bei den Enkeln ist man dann soweit,
daß man die Kinder ungefähr verstehn kann.

Spielt hübsch mit Sand und backt euch Sandgebäck!
Ihr seid so fern und trotzdem in der Nähe,
als ob man, über einen Abgrund weg,
in einen fremden bunten Garten sähe.

Spielt brav mit Sand und baut euch Illusionen!
Ihr und wir Alten wissen ja Bescheid:
Man darf sie bauen, aber nicht drin wohnen.
Ach, bleibt so klug, wenn ihr erwachsen seid.

Wir möchten euch auch später noch beschützen.
Denn da ist vieles, was euch dann bedroht.
Doch unser Wunsch wird uns und euch nichts
nützen.
Wenn ihr erwachsen seid, dann sind wir tot.

# Das ohnmächtige Zwiegespräch

*Der Chronist spricht:*

Zur Macht gelangt nur, wer die Macht begehrt.
Ihm winkt sie zu. Ihm gibt sie dunkle Zeichen.
Und ihm befiehlt sie, eh sie ihm gehört:
»Stell unser Bett auf einen Berg von Leichen!«
Die Macht liebt den, der sie entehrt.
Denn sie ist eine Hure ohnegleichen.
Sie liebt die Mörder, und sie schläft mit Dieben.
Schaut in die Bücher! Dort steht's aufgeschrieben!

Und dann blickt hoch und von den Büchern fort!
Die alte Hure ist sich treu geblieben.
Noch immer liebt sie Gaunerei und Mord
und schläft wie einst mit Räubern und mit Dieben.
Sie beugt das Recht. Sie bricht ihr Wort.
Und immer gibt es Männer, die das lieben.
Das heilige Gesetz, nach dem sie leben,
ist alt und heißt: Wer hat, dem wird gegeben.

Seht ihr die Wolke, die am Himmel schwimmt?
Dahinter, sagt man, würden Engel schweben,
und alles, was man euch auf Erden nimmt,
das würde man euch droben wiedergeben.
Die Mächtigen beschwören, daß es stimmt.
Drum nehmt euch, eh man es euch nimmt, das
Leben!
Vielleicht könnt ihr zu guter Letzt als Leichen,
was euch als Lebenden mißlang, erreichen.

*Der Fragesteller meint:*

Willst du diesen Spott nicht lassen?
Wickle dich nicht in Geduld.
Seine Gegner soll man hassen!
Ihr seid alt und habt die Schuld.

Weshalb ließt ihr denn den Tröpfen
und den Räubern die Gewalt?
Ihr mit euren Denkerköpfen,
ihr seid schuld. Nun seid ihr alt.

Wer nur redet und nicht handelt,
redet dumm und handelt schlecht.
Erst wenn ihr die Welt verwandelt,
seid ihr klug und habt ihr recht.

Wir sind jung und wollen wissen:
Weshalb habt ihr denn die Macht
nicht und nie an euch gerissen
und die Läuterung vollbracht?

Standet ihr denn stets daneben?
Habt ihr weiter nichts erreicht
als ein ziemlich langes Leben
und den Bart, den ihr euch streicht?

*Der Chronist entgegnet:*

Du willst die Dummheit stürzen und dem Geist
die Macht, obwohl er sie nicht mag, verleihen?
Du willst, daß man der Macht die Macht entreißt?
Die Welt von der Gewalt befreien, heißt,
die Welt von den Gewaltigen befreien!

Drum jage dein Gewissen fort.
Es kann das Schießen nicht vertragen.
Du liebst die Menschen bis zum Mord?
Wirf dein Gewissen über Bord.
Ich weiß Bescheid und darf das sagen.

Du willst versuchen, was wir längst versuchten.
Es war uns nicht genug, daß wir die Macht
und ihre Kerle kunstgerecht verfluchten
und im Register unsrer Zeit verbuchten.
Wir wollten mehr. Wir haben mehr vollbracht.

Im Jahre 1940 waren
die Herrn der Erde wieder mal soweit.
Sie litten an zu vielen Friedensjahren,
zogen die Völker heftig an den Haaren
und brauchten wieder eine große Zeit.

Man ließ verschiedne Gegensätze klaffen,
weil so ein Schlachtfest Gründe haben muß.
Man gab den Völkern die modernsten Waffen,
ließ beides an die Landesgrenzen schaffen,
und etwas später fiel der erste Schuß.

Er traf, in Rom, den englischen Gesandten.
Der zweite Schuß traf Frankreichs Feldmarschall.
Der dritte traf den spanischen Infanten.
Es starben auch sechs Waffenlieferanten.
Man hörte die neun Schüsse überall.

Die Herrn der Erde stotterten Befehle.
Die Völker sahn sich unentschlossen an
und wollten sich noch immer an die Kehle.
Da fielen zweiundzwanzig Generäle!
Der Krieg war aus, bevor der Krieg begann.

Die Völker ließen ihre Waffen liegen.
Sie fuhren heim und waren wieder frei.
Das war der kürzeste von allen Kriegen.
Zweihundert Männer, mutig und verschwiegen,
gewannen ihn. Und ich war auch dabei.

Zweihundert Mann hatten den Krieg verboten.
Und sie bezahlten, wie sich das gehört.
Sie zahlten bar, mit dreiundachtzig Toten.
Die andern sind gesund zurückgekehrt ...

*Der Fragesteller fragt:*

Das war der Krieg, den ihr gewannt.
Mehr war euch leider nicht beschieden.
Das war ein Krieg, den ihr gewannt.
Warum gewannt ihr nicht den Frieden?

*Der Chronist antwortet:*

Weil die Vernunft nicht allzuoft gewinnt!
Denn auch die Menschheit folgt Naturgesetzen.
Und ich befürchte, daß sie ewig sind.
Wer sie verbessern will, muß sie verletzen.

Man darf die Völker ins Verderben hetzen,
weil das den Regeln ihrer Welt entspricht.
Doch sich der Bosheit hilfreich widersetzen,
das darf man nicht!

Der Krieg war aus. Wir waren nichts mehr wert.
Wir hatten viel getan und nichts verwandelt.
Die Macht liebt den, der sie entehrt.
Und auch der Mensch liebt den, der ihn
    mißhandelt.

*Der Fragesteller behauptet:*

Was euch mißlang, wird uns gelingen.
Das Ziel, das wir erreichen werden, heißt:
Die Welt zu ihrem Glück zu zwingen!

Was sollen denn die Güte und der Geist,
wenn sich ihr Wesen nur an denen,
die selber gut und weise sind, erweist?

Das Glück der Welt, das wir so sehr ersehnen,
wird durch die Sehnsucht nicht erreicht.
Das Glück der Menschheit kostet Blut und Tränen!

*Der Chronist resümiert:*

Du liebst die Menschen nicht. Du hast es leicht.